시안황금알 시인선 26

# 홍등

이정주 시집

시안황금알시인선 26

# 홍등

초판인쇄일 | 2009년 01월 15일
초판발행일 | 2009년 01월 29일

지은이 | 이정주
편집인 | 오탁번
펴낸곳 | 도서출판 황금알
펴낸이 | 金永馥

주 간 | 김영탁
편집실장 | 조경숙
표지디자인 | 칼라박스
주 소 | 110-510 서울시 종로구 동숭동 201-14 청기와빌라2차 104호
물류센타(직송 · 반품) | 100-272 서울시 중구 동2가 124-6 1F
전 화 | 02)2275-9171
팩 스 | 02)2275-9172
이메일 | tibet21@hanmail.net
홈페이지 | http://goldegg21.com
출판등록 | 2003년 03월 26일(제300-2003-230호)

ⓒ2008 이정주 & Gold Egg Pulishing Company Printed in Korea

값 7,000원

ISBN 978-89-91601-62-8-03810

시안황금알 시인선 26

# 홍등

이정주 시집

황금알

네 번째 시집을 묶는다.

이 시집은 내가 겪은 그늘진 시간의 기록이다. 그 시간을 이겨낸 말[言]들은 당연히 더 빛나겠지만, 판단은 독자의 몫이다.

여태까지 들판에서 노래했다고 한다면 이젠 계곡이 느껴진다. 메아리가 들린다. 그것이 사람인지 경經인지 모르지만 멀지 않은 거리에 존재存在하고 있다는 것도 알고 있다.
혹여, 또다시 캄캄한 회오리 속으로 들어가 몸이 상하더라도 이제는 이 계곡을 흥얼거리고 지나가야만 한다.

2009년 1월
이 정 주

# 차 례

## 1부
홍등

# 1부

홍등

# 보석상

어두워진다. 주인은 보석들을 걷어서 어둠 속에 숨긴다. 네온 불빛이 주인의 안경테 위를 핏물처럼 맴돌고 있다. 진열장에는 금가락지 하나 벌레처럼 남아 있다. 주인은 유리문 바깥에 서 있는 나를 자꾸 쳐다본다. 내 몸에는 저 벌레를 숨길 곳이 없다. 그러나 갖고 싶다. 이런 마음은 처음이다. 내 속으로 돌아가 젖은 장판을 걷으면 합장하고 있는 손뼈 한 쌍. 굳어 있는 약지 하나에 저 벌레를 둘러주고 싶다. 가락지 낀 손이 떨리고 팔이 움직이고 여자의 몸 하나가 일어나 나를 감고 다시 어두운 바닥으로 스밀 것이다. 세상 사람들 모두 뼈로 남고 동그라미 하나가 이름처럼 떠올랐다 사라질 것이다. 주인은 헛기침을 두어 번 하고 금가락지를 거두어 간다. 네온이 꺼진다. 내 눈자위에서 핏발이 지워진다. 보석상이 사라진다. 어두워질 때 다시 오고 싶다.

# 실크로드

바늘귀를 오래 쳐다보고 있으면 순자는 기쁘다. 바늘귀가 자꾸 커진다. 바늘귀를 오래 쳐다보고 있으면 커진 바늘귀로 원단이 빨려 들어간다. 슬레이트 지붕이 납작 엎드리며 빨려 들어가고 미싱 타는 언니들이 앉은 채로 빨려 들어간다. 바늘귀를 오래 쳐다보고 있으면 순자도 몸이 가늘어진다. 털실 한 올이 되어 순자는 바늘귀를 지나간다. 낙타들이 한 무리 순자를 밟고 바늘귀를 지나간다. 낙타들이 사라지고 사막은 끝이 없다. 사막 끝에 미싱을 타는 언니들이 보인다. 바늘귀를 오래 쳐다보고 있으면 눈물이 난다. 바늘귀가 좁아지고 언니들이 작아진다. 언니들 뒷덜미로 미싱 바늘이 지나간다. 순자는 깜짝 놀란다. 미싱 바늘이 부러졌다. 부러진 바늘 끝에 낙타가 한 마리 꽂혀 있다.

# 태양은 가득히

자네가 나를 정오 위로 불러내었었지. 거기가, 그 모래언덕이 멕시코였던가 네바다였던가. 나를 태워준 말은 고개를 주억거리다가 쓰러졌네. 태양은 애꾸눈으로 내려다보고 있었고. 권총을 만지작거리며 나는 기다렸네. 바람은 내 속에서 일기 시작했고 나는 조금씩 흔들렸네. 모래언덕 위에서, 자네와 싸우기로 한 죽음의 언덕에서. 알고 있었어. 또 속았다는 거. 그러나 난 기다리고 있었네. 담배연기로 나를 그을며 기다렸었네. 나를 위해 기다렸네. 그러나 이윽고 더는 기다릴 수 없게 되었네. 나는 쓰러진 말에게 다가갔었네. 나는 말의 이마에 총을 쏘았어. 터벅터벅 걸어서 나는 돌아오기 시작했어. 알고 있었어. 결국은 그렇게 돌아올 것이라는 걸. 더러 태양을 향해 총을 쏘아대며. 거기가, 그 모래언덕이 멕시코였던가 네바다였던가.

# 솟을대문

　솟을대문으로 갔네. 자동차들 흔히 뒤집힌 채 들려가고 큰 산들 산산조각 나 그 앞에서 엎드린다는 문. 수막새 기와가 안개를 버티던 대문. 새벽에 찾아갔네. 알몸으로 찾아갔네. 문지기도 없고 자물통도 없이 다만 문 두 짝 닫혀 있는 커다란 문. 난 잠시 망설였네. 그토록 큰 문은 없었네. 그토록 허술한 문도 없었네. 대문 안은 더 짙은 안개가 들어차 있었네. 풀냄새 섞인 흙냄새가 달콤했네. 안개 속을 걷다가 나는 버려진 종이여자를 발견했네. 여자는 몹시 구겨져 있었네. 조금 찢겨 있기도 했네. 나는 여자를 집어 들고 바위 아래 젖지 않은 땅에 내려놓았네. 여자는 조금씩 부풀어갔네. 나는 기뻤네. 긴 잠에서 깬 듯 여자는 나를 얼마간 쳐다보더니 웃었네. 나는 눈물이 다 났네. 나도 부풀어갔네. 나는 여자의 가랑이를 열었네. 여자의 가랑이 속에는 종이로 만든 여자들이 많이 들어 있었네. 나는 여자 속으로 들어갔네. 갑자기 깜깜해졌네. 나는 사방을 더듬기 시작했네. 내 허리 위로 무거운 것이 떨어졌네. 나는 비명을 질렀어. 솟을대문이 내 위로 무너지고 기왓장들이 까마귀 떼로 날아올랐어.

나는 눈을 떴네. 하늘에는 아무것도 보이지 않았네. 흙길 위에서 오랫동안 그렇게 누워 있었네. 하늘 귀퉁이에서 솟을대문 하나가 천천히 솟아오르고 있었네.

# 종이여자

　나는 종이여자의 몸에 글을 썼네. 여자는 온몸을 뒤틀며 내 글을 받았네. 가슴을 지나 엉덩이를 거쳐 발바닥까지 글을 썼네. 더 쓸 데가 없었네. 여자는 자고 있었네. 나는 만년필을 던져 버렸네. 그리고 쓰러져 버렸네. 아침에 여자의 몸은 깨끗해졌네. 밤새 새겼던 글들이 지워졌네. 여자는 나를 보고 뽀얗게 웃었네. 창 밖에서 강물이 잉크 색으로 출렁거리고 있었네. 나는 여자에게 다가갔어. 그리고 여자의 가슴에 얼굴을 파묻고 울었네. 여자는 손으로 내 등을 토닥거렸네. 나는 내 몸이 맑아지는 걸 느꼈네. 강가에는 바람이 자라고 있었네. 나도 종잇장처럼 가벼워졌네. 나는 여자를 안고 크게 웃었네. 여자도 웃었네. 웃음 끝에 눈물. 어제 썼던 이야기가 내 눈에서 파랗게 번져 나왔네.

# 피 묻은 시인

사다리 위의 큰 글들을 외면하세요. 움켜쥔 자를 부러뜨리세요. 그리고 한 계단 내려서 보세요. 당신 눈높이에 지평선이 보이지요. 한 칸 더 내려서 보세요. 젖히고 있던 목덜미가 저려 오지요. 빌딩들이 눈에 들어오지요. 눈앞이 캄캄해지지요. 이젠 파카를 벗어도 춥지 않아요. 자동차 소리가 들리지요. 지상에 다 온 거죠. 종소리가 들리지요. 당신보다 먼저 도착한 사람들이 엘리베이터에서 쏟아져 나옵니다. 걱정 마십시오. 당신은 저 사람들보다 더 낮은 곳으로 내려갑니다. 한 계단씩 내려가십시오. 따뜻해지지요. 누구이름을 불러 보세요. 아는 이름이 없어요? 물 흐르는 소리가 나지요. 바로 거깁니다. 물 속에 글씨들이 보이지요. 당신이 잘라 버린 것들입니다. 날이 새기 전에 다시 뜻을 찾아 날아갈 것들이지요. 옷을 벗으시지요. 품속의 칼을 내려놓으시고 피 묻은 손부터 씻으시지요.

# 홍등

이삿짐을 싣고 트럭이 지나간다. 점 보는 집이 지나간다. 얼굴 찢긴 후보들이 지나간다. 허벅지를 드러내고 화투치는 여자들이 지나간다. 붉은 등 아래 담배를 물고 서 있는 여자도 지나간다. 붉은 등이 그립던 날들과 엥겔스가 옳다고 생각한 날들이 지나간다. 보리밥집과 나무문 만드는 집이 지나간다. 이윽고, 지나간 것들이 다시 돌아온다. 나무문 만드는 집 나무문이 닫힌다. 보리밥은 식어 있다. 길가에 나와 있던 여자가 없어졌다. 붉은 얼굴의 여자들을 누이라고 생각하던 날들이 돌아온다. 외등이 꺼지고 점포 안이 붉다. 술상을 보는 여자들 뒤로 숨는 엥겔스가 보인다. 나는 빈자리에 차를 집어넣는다. 붉은 얼굴로 졸고 있는 푸줏간 여자가 보인다.

# 제삿날

선잠에 들었습니다. 잠 속으로 새가 따라 날아왔습니다. 새는 얼마 머물지 않고 내 땅을 벗어났습니다. 해가 따라 넘어갔습니다. 어둠은 술처럼 출렁거렸고 내 연안에서 등은 흐느끼기만 했습니다. 등을 잡으려다 물에 빠졌습니다. 등은 깜빡이며 멀어졌습니다. 젖어서 돌아왔습니다. 내 땅도 젖었습니다. 내 땅은 꺼지면서 나를 껴안았습니다. 그리고는 몰랐습니다. 어디선가 두근거리는 소리가 들리는 듯했습니다. 팽팽해진 북 가죽 위에서 잠을 깼습니다. 그런 줄 몰랐습니다. 새가 북 가죽을 동동 쪼아대는 줄 몰랐습니다.

# 파묻힌 시인

나는 모른다. 내가 묻힌 산 위에 솟은 탑을 모른다. 탑 속에 갇힌 뜬눈의 밤을 모른다. 경 읽는 소리가 탑에 달아주는 구리 방울을 모른다. 탑이 솟으매 일그러진 하늘을 모른다. 모를 곳에서 외면하는 꽃잎들을 모른다. 꽃잎이 몸을 눕히는 치마폭을 모른다. 치마엔 조금씩 물이 들고 물이 든 여자도 울었는지 울다가 잠들었는지 모른다. 모른다. 다시 땅 속에 묻힌 탑이 흙이 되었는지. 구리 방울은 녹슬어 버렸는지. 동자승 하나가 싸리비로 무슨 노래를 쓸어내는지.

# 꽃나무

꽃나무, 지금 막 종기로 피어오르는 나무. 두려움은 나무 속을 데웠고 의심은 씨눈을 키웠지. 안개 엎어져 있던 땅 위 철근 같은 나무. 철근 끝에 터지는 꽃이파리. 유리문을 열고 나와 나는 언덕을 올라갔어. 꽃나무는 언덕 위에 서 있었어. 꽃잎 열리는 소리. 나도 양팔을 하늘로 벌렸어. 꽃나무는 꽃을 모조리 떨어뜨려 버렸어. 언덕 가득 핏물. 핏물에 녹는 꽃이파리. 나는 꽃피지 않았어. 잘 움직일 수 없었어. 꽃나무들은 빠르게 나뭇잎을 키웠어. 꽃나무들은 바람을 받으며 무성해졌어. 팔을 내리며 나는 많이 부서졌어. 나는 꽃나무로 다가갔어. 나는 꽃나무에 올라갔어. 꽃나무 가지 위에 나는 누워 있었어. 안개가 일어설 때쯤 나는 잠이 들었어.

꽃나무. 내가 내려온 나무. 내 팔 하나가 없어졌어.

# 크리스마스가 얼마 남지 않았다

눈이 내렸다
내 이마 위로 여자 하나가
또박또박 걸어와서
눈을 쓸기 시작했다
여자는 자기 부근을
깨끗이 쓸었다
눈이 내렸다
여자는 다시 자기 부근을
쓸기 시작했다
참새들이 확산되었다
여자는 구덩이 속에 서 있었다
여자는 빗자루를 놓아 두고
어디론가 사라져 버렸다

눈이 그쳤다
눈 위에 나무 한 그루가 서 있다
나는 잠에서 깨었다
나는 내 이마에 박힌 나무 한 그루를
손으로 잡아 뽑아 버렸다

사이토 마리코*
내 이마에 구멍이 생겼다




*사이토 마리코(齊藤眞理子) : 1960년생 일본 시인.
한국어를 공부하여 한국어 시집 『입국』을 출간했다.

# 입동

변기에 걸터앉아 저녁을 바라본다
연탄화덕 옆 녹슨 자전거가
기대고 서 있는 연탄더미
그 위에 겨울이 앉아 있다
연탄 더미와 처마 사이에서
박쥐처럼 사지를 펴고
그는 머쓱하게 나를 쳐다본다
내게 들켜도 빠져나갈 길이 없어
그냥 버티고 있는 것 같다
비가 그의 얼굴을 지우고
어둠이 그의 몸을 가려 주어도
크고 우울한 눈을 가진 그는
움직이지 않는다
언젠가 본 사람의 얼굴 같다
나는 변을 볼 수가 없다
화장실의 불을 켜고 공연히 밑을 닦고
화장실 문을 소리 나게 닫고 나온다
방문을 걸어 잠그고 이불을 덮고 누워
텔레비전을 본다

실내 안테나 위에 그의 얼굴이 있다
그가 입었던 검은 치마가
천정에서 내려온다
겨울은 아니야 먼 친척 같아
연탄 위에 앉아 있던 먼 친척도
생각나지 않는다

# 식탁

식탁이 깨끗하다
수저 한 벌 가지런하고
접시 하나 동그랗게 비어 있다

조기 한 마리가 오고 있다
식용유 강을 건너 소금 안개 지나
눈을 부릅뜨고 치아를 앙다물고 온다
동그라미 속으로 조기가 눕는다
나는 젓가락을 든다
조기의 등뼈 부근에서 집들이 무너진다
사람들이 소리 지르며 쏟아져 나온다
조기 꼬리 쪽으로 마을버스는 흔들리며 내려가고
조기 머리 위로 '투쟁' 붉은 깃발이 올라간다
조기 속에서 먼지가 난다
나는 집었던 살코기를 등뼈 위에 다시 얹어 놓는다
사람들이 집으로 돌아가서 문을 잠근다
가스배달 오토바이가 노래를 흔들며 산 위로 오른다

나는 젓가락을 탁자 위에 내려놓는다
식탁이 더럽혀졌다

# 2부

세무서에서 동물원 킨트를 읽다

# 모르는 척하다

산중턱에서 범종 소리가 밀려 내려왔다. 종소리는 어두웠다. 골목이 모두 깜깜해졌다. 좌판 위의 갈치가 번득거렸다. 나는 호주머니에 손을 찔러 지폐를 찾았다. 노파는 작두질하듯 칼을 눌렀다. 갈치 머리가 잠시 공중에 떠올랐다.

큰길은 텅 비어 있었다. 길가 높은 벽 앞에서 소녀가 등을 들고 서 있었다. 소녀의 얼굴이 굳어 있었다. 소녀 앞을 스치며 내가 중얼거렸다. 집착하고 있구나. 내 말은 소녀에게 물결쳐 갔다. 소녀가 접혔다가 펴졌다. 소녀는 들고 있던 등을 떨어뜨렸다. 소녀의 하얀 치마가 밝아졌다. 나는 모자를 눌러쓰고 빨리 걸었다. 꺼먹 비닐봉지에서 갈치 조각들이 서로 몸을 부딪고 있었다. 소녀가 서 있던 곳에서 벽이 밝아지며 나를 따라왔다. 나는 모자를 벗어 던졌다. 그리고 고개를 가로저으며 걸어갔다. 가로수 우듬지들이 불 붙어 따라오고 있었다. 나는 꺼먹 비닐봉지를 불 속으로 던졌다. 뜨거워졌다. 나는 웃옷을 모두 벗어 던지고 다시 걸어갔다. 어디서 생선 타는 냄새가 났다. 불 탄 검불들이 내 잔등에 와 붙었다. 연기가 나를 감쌌다. 나는 걸음을 멈추고 돌아다보았다. 불이 꺼졌다. 연기 속에 소녀가 보였다. 불타 버린 벽 앞에서 하얗게 웃고 있었다.

# 방을 보여주다

낮잠 속으로 영감이 들어왔다. 영감은 아랫턱으로 허술한 틀니를 자꾸 깨물었다. 노파가 따라 들어왔다. 나는 이불을 개켰다. 아, 괜찮아. 잠시 구경만 하고 갈 거야. 나는 손빗으로 헝클어진 머리를 골랐다. 책이 많네. 공부하는 양반이우. 나는 아무 말 않고 서 있었다. 책들을 버려야지. 불태워 버려야지. 내 얼굴에 불길이 확 치솟았다. 싱크대에 그릇들이 넘쳐나 있었다. 혼자 자취하는 모양이네. 우리 딸도 혼자 살아요. 그러나 걔는 짐이 이렇게 많지 않아. 짐들도 버려야지. 모두 갖다 버려야지. 나는 양손을 비비며 서 있었다. 햇볕도 잘 들고 혼자 살기 딱 알맞네. 노파는 화장실 문을 열었다가 닫았다. 아, 그럼. 도시가스 들어오고 방도 따뜻하대요. 영감은 신발을 꿰며 소리쳤다. 노파는 내 얼굴을 빠안히 쳐다보며 말했다. 왜 나갈려고 그러시오? 나는 한참 눈을 껌벅거렸다. 그리고 손날로 허공을 찌르며 말했다. 먼 데로 가려고 합니다. 먼 데로? 노파의 눈이 내 손끝을 따라왔다. 노파도 같이 가고 싶은 얼굴이었다. 갑자기 현관이 멀어지고 나도 뒤로 엄청 물러나 있었다. 노파는 화장실 앞에서 갑자기 아득해진 공간을 쳐다보고 서 있었다. 멀리 현관 밖에서 영감이 헛기침을 하고 있었다.

# 러브

　매표구 앞에 섰다. 광장에는 검은 손들이 많이 널려 있었다. 손 하나를 밟고 생머리 여자가 나에게 걸어왔다. 여자는 내 앞에 섰다. 내 숨이 멎었다. 여자는 고개를 들어서 높은 곳을 보았다. 여자의 목이 기다랗게 드러났다. 그 목 속으로 들어가고 싶었다. 여자는 오랫동안 간판을 보고 있었다. 러브. 남녀 한 쌍이 흔들리는 간판 속에서 웃고 있었다. 여자는 고개를 내려 나를 보았다. 여자는 나를 지나가 내 뒤에 서 있는 가죽잠바에게 안겼다. 러브.

　광장에 굽 높은 구두 여러 켤레가 나타났다. 구두들이 내 앞에 와서 섰다. 여자들은 일제히 고개를 들어 하늘을 보았다. 그 중 한 여자가 소리쳤다. 매진이야! 굽 높은 구두들이 소리를 내며 광장에서 멀어졌다.

　바바리코트를 입은 여자가 내 앞에 다가와서 섰다. 여자는 간판을 보지 않았다. 여자는 나만 쳐다보았다. 내 마음이 바뀌고 있었다. 나는 극장 옆의 찻집에서 여자와 함께 차를 마시고 헤어졌다. 광장을 걸어 나오면서 손아귀에 쥐고 있었던 암표 두 장을 찢어 버렸다.

# 세무서에서 동물원 킨트*를 읽다


… 이 늑대들은 버르장머리가 없어… 개와는 달라… 비슷하게 보이지만 분명히 달라… 네가 여기 밤새도록 앉아 있어도 절대로 아무런 구경거리도 보여주지 않을걸… 난 그걸 잘 알지…


담당자는 아직 보이지 않는다. 점심 먹으러 갔다고 한다. 서류가 가득 쌓인 회의용 탁자 위에서 동물원 킨트를 펼친다. 캐나다산 흰 늑대가 소설가에게 다가온다. 소설가는 힘껏 달려서 도망간다. 네 다리로 도망간다. 나는 눈을 감았다가 뜬다. 발소리도 없이 담당자가 책상에 가 앉는다. 그가 나를 쳐다본다. 늑대눈이다. 나는 천천히 일어서서 그의 앞에 놓인 의자에 앉는다. 가지고 온 서류를 그에게 내밀고 두 손을 사타구니에 모으고 앉아 있다.

선생님은 혼자 사시는군요. 네. 나는 필요 이상으로 고개를 크게 끄덕인다. 좀 많이 내셔야겠습니다. 나는 고개를 떨군다. 눈앞이 캄캄하다. 사무실 바닥에 눕고 싶다. 일어나서 그의 멱살을 잡고 싶다. 시력이 돌아올 때까지 바닥을 쳐다본다. 자리에서 일어난다. 동물원 킨트를 집어든다. 그가 나를 쳐다본다. 늑대눈이다. 그와 같은 부서의 직원들이

일제히 나를 쳐다본다. 캐나다산 흰 늑대들이다. 나는 가능
한 한 빠르게 걸어간다. 긴 테이블 위에서 서류 몇 장이 희
끗 날리는 것 같다. 달리고 싶다. 네 발을 모두 써서 눈밭을
벗어나고 싶다.

*동물원 킨트 : 배수아의 소설집

# 회송열차

방화행 열차가 전역을 출발했습니다. 출발선에서 기다려
주시기 바랍니다. 몇 걸음 앞으로 걸어가서 선다. 전자벨 소
리가 들린다. 왼쪽에서 불어온 찬바람이 얼굴과 목덜미를
쓸고 지나간다. 어둠 속에서 가슴에 불을 켜고 열차는 천천
히 들어와서 선다. 열차는 어둡다. 실내등이 켜져 있지 않
다. 나는 뒤로 몇 발자국 물러선다. 지팡이를 든 하얀 노인
이 계단을 내려와 열차로 급히 걸어간다. 노인은 닫힌 문틈
으로 손을 넣어 보려고 애쓴다. 할아버지, 뒤로 물러나세
요! 열차가 꾸짖고 있다. 노인은 잘 들리지 않는 모양이다.
주먹으로 열차 문을 두드린다. 나는 노인에게 걸어간다. 두
팔로 노인의 허리를 감싸서 뒤로 당긴다. 가볍다. 노인을
나무의자에 앉힌다. 노인은 지팡이로 허공을 찌르며 소리
지른다. 왜 안 태워주는 거야? 저 열차는 돌아가는 빈 열찹
니다. 노인은 내 얼굴을 빤히 들여다본다. 그리고 목소리를
낮추어서 말한다. 그러니까 나 좀 보내 줘. 내 몸이 굳어진
다. 지금이라도 태워줄 수 있을까. 고개를 돌려서 열차를
쳐다본다. 검은 열차는 천천히 움직이기 시작한다.

# 악어가 지나간다

실수로 리모컨을 밟았다
텔레비전이 켜졌다
정치인 부부 한 쌍이
어려웠던 시절을 이야기하고 있었다
어려웠던 시절에 남편이 옥중에서 쓴 편지를
아내에게 다시 읽어 주고 있었다
어둡고 느린 음악이 과즙처럼 흘러나왔다
나는 갑자기 기어다니고 싶어졌다
이 감옥 속은 미끄러워서 조심해야 한다
뒤집어지면 끝장이다
햇빛 드는 곳에 웅크리고 있던 난분이
내 눈에 들어왔다
이 감옥에 처음 왔을 때
친구들이 가져온 것이다
나는 난분으로 기어가
난 잎을 뜯어먹었다
따라나온 난 뿌리도 씹어먹었다
텔레비전 속에서
정치인의 아내가 울기 시작했다

편지를 읽던 남편 목소리도 떨렸다
방청석에 앉은 아주머니들이
눈물을 닦는 것이 보였다
난 한 포기에 배가 불러
나는 방 안을 느긋하게 기어다녔다
텔레비전을 힐끗힐끗 쳐다보며
눈알 가득 눈물을 뿜어올렸다

# 포도를 사지 않다

포도장수는 길 위에 포도를 펼쳐 놓고 나를 보고 웃는다. 낮익은 얼굴이다. 나도 어색하게 웃는다. 포도장수는 상한 포도송이를 가위로 톡톡 자른다. 내 젖꼭지가 시큼하다. 가위의 날 사이로 포도벌레가 빠르게 날아다닌다.

나는 여자의 브라를 벗긴다. 여자의 가슴에 농약 가루가 묻어 있다. 나는 손으로 여자의 가슴을 뽀드득 훔치고 꼭지를 빤다. 꼭지가 톡 터지면서 무덤이 갈라진다. 무덤 속에서 젤리 송이가 밀려나온다. 나는 젤리를 빨아서 씹는다. 젤리 속에 동전이 씹힌다.

여자가 없어졌다. 여자가 누웠던 자리에는 빈 포도줄기가 누워 있고 포도껍질은 사방에 널려 있다. 내 등은 땀으로 젖어 있고 뒤통수에서 벌레들이 후광처럼 맴돌고 있다.

포도장수는 나를 올려다보고 다시 웃는다. 나는 어색하게 웃으며 고개를 가로젓는다.

# 초파일

발을 구두 속에 집어넣고 한 발자국 내디디려고 발을 들었을 때 내 그림자가 내게서 훌렁 벗겨지며 댓돌 아래로 굴러 떨어졌다. 구두는 땅에 붙어 있어서 한 발짝도 뗄 수가 없었다. 나는 구두에서 발을 뽑았다. 그리고 맨발로 출근했다. 내 그림자는 여자의 창으로 날아들어가 늦잠 자는 여자에게 감겼다. 여자는 축축해졌다. 여자의 그림자도 벗겨져 의자에 걸쳐져 있었다.

나는 비밀번호를 생각해 내기 위해 머리를 흔들어대고 있었다. 나는 회사 안을 빙빙 돌았다. 비밀번호는 생각나지 않았다. 나는 회사를 빠져나왔다. 회사 사람들이 내 뒤를 밟아 왔다. 범종이 울었다.

그림자는 구름이 되어 나를 따라왔다. 회사 사람들이 나를 붙잡고 소리쳤다. 정신차려요! 나는 몸부림쳤다. 그림자가 내게 덧씌워졌다. 회사 사람들이 나를 놓았다. 모두들 내 몸에서 묻어 간 비린내에 얼굴을 찌푸리며 뒷걸음질쳤다.

전화가 왔다. 여자가 만나자고 말했다. 비밀번호가 떠올랐다. 연등에 불이 들어왔다.

# 어느 날 종묘를 나오다가

세운상가 벽에 붙어 있던 여자의
거대한 몸이 철거되고 있었다
같이 붙어 있던 여자의 이름이 철거되고 있었다
고딕체의 스테인레스가 길바닥에 부딪치며 울부짖었다
여자는 허겁지겁 횡단보도를 건너고 있었다
오토바이를 탄 남자 하나가 여자의 허리를 당겼다
여자는 한참 끌려가며 빙빙 돌다가 껍질이 다 벗겨졌다
여자의 몸은 없어졌다
길 위에 여자의 옷 조각만 잠시 펄럭이다가
바람에 쓸려갔다
여자는 완전히 철거되었다
수도꼭지에 입을 대고 나는 수돗물을 마신다
벤치에 앉는다
마음속에 샘이 고인다
샘 속에 여자의 알몸이 보인다
나는 갑자기 두 손으로 내 얼굴을 가린다
벤치 위에서 나도 알몸으로 앉아 있다

# 금산사

금산사를 다녀왔지. 그래. 분명 다녀왔었지. 작년이었지, 작년 여름. 사람들은 모두 바다로 가고 나만 홀로 갔었지. 금산사였지. 아무도 찾아오지 않는 절을 혼자 갔었지. 땀이 비 오듯 흘렀어. 절마당은 끓고 있었고 탑 뒤에는 숨을 그림자 한 뼘 없었지. 땡볕 아래 개미들이 어디론가 줄을 이어 가고 나는 어디로 갈지 몰라 개미들을 내려다보고 서 있었지. 금산사. 아닌가? 서까래만 보이고 기왓장은 보이지 않던 절이. 큰 당간이 공중에서 기울어지고 숲이 따라 넘어지고 뒷산이 빙글 돌아 버리던 그곳이. 아닌가? 그냥 이름이 좋아 그 절인가 했나 보다. 아마 나는 금산사를 가 보지 않았나 보다. 그런데도 절이라는 말만 들어도 그냥 금산사라고 생각하나 보다.

다른 절이었나 보다. 그래. 내가 돌아오며 뒤돌아보았을 땐 서까래 위로 까마귀 떼처럼 기왓장이 내려앉아 있던 절이. 그런데도 나는 작년 여름에 다녀왔다고 생각하나 보다. 사람들이 바닷가에서 하얗게 물보라쳤을 때 나만 비루먹은 말처럼 산으로 갔다고 생각했나 보다. 그래서 그런가 보다. 물 한 방울 먹지 못하고 돌아온 그곳을, 절 같지도 않은 그 절을 금산사, 금산사라고 나도 모르게 중얼거렸나 보다.

# 붉은 사과 속의 푸른 사과

접시 위에 붉은 사과가 있다

나는 사과를 깎는다
칼 끝에 철조망이 걸린다
나는 철조망을 뽑아 낸다
시멘트 기둥 몇 개가 따라나온다
나는 사과를 깎는다
깎아 들어갈수록 사과 속은 붉어진다
사과밭에서 붉은 손들이 흔들린다
붉은 손들 속에 푸른 손들도 간혹 보인다
붉은 길도 과수원 울타리를 돌아만 가고
아무리 걸어가도
과수원 속의 집은 보이지 않는다
길을 따라가며 나는 사과 열매를 바라본다
붉은 열매는 거의 다 사라지고
푸른 열매들이 매달려 있다
나는 걸음을 멈추고 사과나무로 다가간다
푸른 사과를 따서 한 입 베어문다
사과는 문처럼 스르르 열린다

사과 속에서 여자 하나가
아이를 안고 걸어 나온다

접시 위에 칼 한 자루와
푸른 사과 껍질이 놓여 있다

# 강으로 가는 하얀 코끼리

법어를 읽는 스님이 기침을 한다
기침소리가 찢어진다
나는 셔츠를 다림판 위에 눕힌다
다리미가 지나가도 주름이 잘 펴지지 않는다
여자의 얼굴이 생각나지 않는다
부처님 오신 날, 할렐루야!
개신교 목사 두 사람이 일어선다
신도들이 박수를 보낸다
물을 뿌리고 가슴을 다린다
가슴 위로 여자의 실루엣이 나타난다
썰물진다
실루엣이 위로 머리채가 쏠린다
뺨의 상처가 분명하다
얼룩이 남아 있어 다릴수록 선명해진다
상처가 사라진다
스님이 기침을 한다
나는 다리미를 세우고
셔츠를 입는다
뜨거운 김이 온몸을 감싼다

진땀이 난다
텔레비전을 끈다
찬불가가 오그라든다
여자의 머리채가 다시 얼굴을 덮는다
여자의 얼굴이 떠오르지 않는다
약속 장소가 생각나지 않는다
하얀 코끼리가 사람들을 데리고
강으로 가고 있다

# 3부

■ 시인의 얼굴과 육필

이삿짐을 싣고 트럭이  지나간다.
전 ___는 차가 지나간다. 얼굴 찡긴
트럭들이 지나간다.  허벅지를 드러내고
희롱치는 봄들이 지나간다.
붉은등 아래 담배를 물고 서 있는
봄들 지나간다.  붉은등이  그랬던
날들과 엉켰는가 옳다고 생각하는 날들이
지나간다.  밀려방침과  나약함 버드는
길이 지나간다.  이윽고,  지나간 것들이
다시 돌아온다.

'홍등' 중에서

2008. 11.　　　　　　이정록

# 4부

물가로 갈 것인가 도서관으로 갈 것인가

# 합창

바이올린, 비올라, 첼로의 활들이 물결쳤다. 금관악기에 부딪친 조명은 따갑게 튕겨 나왔다. 연주자들은 검은 옷을 입었고 지휘자도 연미복을 입었다. 합창이 시작되었다. 서양인이 두엇 섞여 있었으나 거의 다 일본인인 것 같았다. 합창 소리는 우람했다. 산토리 홀에 앉아 있던 사람들은 그 소리에 흔들렸다. 산토리 홀에서 몇천 리 떨어진 13평 주공 아파트 월 5천원짜리 유선으로도 그 소리는 흘러왔다. 의자에 앉아 두 손에 얼굴을 파묻고 나도 흔들렸다. 화면에는 지휘자와 곡중 독창하는 남자의 얼굴이 엇갈려 나타나고 있었다. 흰 머리칼 아래 불룩 튀어나온 지휘자의 눈은 신비롭게 감겨 있었다. 낯이 익다. 정명훈이다.

2백 년 전에 독일 사람이 만든 곡을 우리나라 사람이 지휘하고 일본 사람들이 소리를 잘 만들어 내고 있었다.

연주가 끝났다. 사람들은 지휘자와 악수하기 위해 줄을 서서 기다리고 있었다.

'매년 송년의 밤에 일본인들은 합창을 듣고 싶어한다. 일본인들은 이제 정명훈의 합창을 기다린다. 일본에서 정명훈의 시디는 아주 잘 팔린다.' 해설이 수다스러워졌다. 나는 텔레비전을 껐다.

합창과 헤어지기 위해 술을 한 잔 더 마셨다.

완전히 헤어지지 못한 채 나는 잠에 빠져들었다.

산토리 홀에 불이 꺼지고 악기들이 물 속으로 가라앉았다. 검은 옷을 입은 사람들도 물 속으로 가라앉았다. 북이 물 위로 솟아올랐다. 지휘자의 손이 물 위에서 허우적거리다가 사라졌다.

완벽하게 어두워졌다.

맹점에서 바람이 불어왔다.

총소리가 들려왔다.

배 위에서 후지와라 신야*가 총소리 난 쪽을 쳐다보고 있다. 얼굴과 총을 호수 위에 드러낸 인도 남자가 배 쪽으로 다가오고 있다. 그는 배 위에 올라와서 잡아온 오리 한 마리를 배 위에 던진다.


새벽길이 얼어 있다.
미끄러지지 않으려고 나는
천천히 걸어가고 있다.


*후지와라 신야 : 일본인 사진작가

# 물가로 갈 것인가 도서관으로 갈 것인가

냉담해지던 산그림자. 어두워지면서 별을 많이 토하던 하늘. 회칼로 도려낸 상현과 서풍은 아직 멈추어 있을 것이다. 소스라치게 놀라 울던 새 떼. 끌려오다가 도망간 숭어도 아직 그곳을 빠져나가지 못했을 것이다.

지구의를 손으로 돌려 보면 아직도 파도소리가 들릴 것이다. 파도 저편 세상 소식은 정기간행물 코너에 가지런히 꽂혀 있을 것이다. 흰머리가 많은 사서는 표정 없이 나를 쳐다볼 것이다. 나도 굳은 얼굴로 여자를 외면할 것이다. 아들러, 융, 프로이트 옆자리에 아직도 라캉은 외출에서 돌아오지 않았을 것이다. 그의 자리에 나뭇잎이 떨어질 것이다. 고개를 들어 보면 책들이 모두 나뭇잎으로 보일 것이다. 나뭇가지에서 새들은 내려다보고 있을 것이다. 새들의 그림자 비친 물 속에서 숭어 한 마리 흐린 눈으로 나를 올려다보고 있을 것이다. 새들이 갑자기 울어댈 것이다. 책들이 쏟아져 내릴 것이다. 흰머리가 많은 사서가 다가와서 내 어깨에 손을 얹을 것이다.

# 숨은 신/숨은 시인

루시앙 골드만의 『숨은 신』 속표지에
작은 거미 한 마리가 엎드려 있다

눈이 가득 내린 마당 한 끝에서
지팡이를 짚고 내가
눈 위를 걸어간다
나는 지팡이를 잃어버리고
마당 한가운데서 쓰러진다
눈은 내 위로 엄청나게 내린다

입으로 훅 불었으나
거미는 움직이지 않았다
나는 오랫동안 거미를 쳐다보고 있었다
손가락으로 거미를 툭 쳐보았다
거미는 부서져서 흩어져 버렸다

이쪽 다세대주택 처마 끝에서
길 건너 명성양로원 옥상까지
휘뜩

바람 같은 것이,
휘파람 같은 것이 날아갔다
그것들은 휘청 늘어졌다가 다시 줄어들어서
어디론가 튀어나가는 것 같았다

나는 거미가 사라진 속표지를
손가락 끝으로 자꾸 긁어댄다
눈에 묻힌 내 발꿈치가
나타나고 있다

# 곰팡이/모더니즘

8월에는 끝없이 비가 내렸다
옥타비오 파스를 읽었다
옥타비오 파스는 모습을 드러내지 않았다
내 티셔츠는 땀에 젖었다
나는 티셔츠를 빨아서
벽 앞에 걸어 두었다

8월에는 끝없이 비가 내렸다
빗속에 웃통을 벗고 서 있어도
옥타비오 파스는 보이지 않았다
집으로 들어가 발가벗고
커다란 수건으로 몸을 닦았다

벽에 걸려 있던 내 티셔츠가 없어졌다
티셔츠가 있던 자리에 곰팡이가
까맣게 일어서 있었다
나는 한 걸음 뒤로 물러섰다
내 티셔츠를 입고 옥타비오 파스가
창 밖을 지나가고 있었다

수건을 아랫도리에 감고
나는 집을 나섰다
하하하하
들고 있던 우산을 하늘로 던지며
옥타비오 파스는 웃으며 사라졌다
나는 빗속에 서 있었다
내 머리가 터지고 있었다
나는 수건을 풀어 내 머리에 감았다
가까운 어디서 번개가 쳤다

# 꿈틀거린다

광화문 앞으로 말이 지나간다. 내 시가 꿈틀거린다. 버릇
이다. 광화문이 배경에서 지워진다. 사람들이 광화문 앞에
가득 차 있다. 누가 피리를 분다. 내 시는 대가리를 움직인
다. 사람들이 소리 지른다. 내 시는 나에게서 떠난다. 사람
들이 공중으로 책을 던진다. 비둘기 떼가 하늘을 덮는다.
비둘기 떼 사이에서 내 시는 같이 날다 사라진다.

종이 울린다. 말이 고개를 주억이며 돌아온다. 광화문이
닫힌다. 나는 닫힌 문 앞에서 서성거린다. 해태 등에 비둘기
한 마리가 앉아 있다. 붉은 발가락 하나가 없어졌다. 내 시
같다. 깃발을 든 사람 뒤로 사람들이 한 줄 말없이 걸어간
다. 비둘기는 광화문 담장 위 기와로 옮겨 앉는다. 나는 바
지 호주머니에서 손으로 내 물건을 더듬어 본다. 버릇이다.

# 개구리 왕자

나는 벽에 대고 모질게 패대기쳤다. 바닥에 떨어진 개구
리의 양 허벅지가 빠르게 씰룩거렸다. 개구리는 체액을 흘
리며 바닥에 납작 엎드려 버렸다. 나는 외면하려고 했다.
그러나 내 고개는 고장이 났다. 나는 몸을 돌리려고 했다.
그러나 내 몸도 움직여지지 않았다. 개구리는 바닥에 납작
엎드린 채 물이 되어 가고 있었다. 물은 바닥 위로 조금씩
번져 갔다. 나는 눈을 감으려 했다. 그러나 눈꺼풀이 고장
나 감기지 않았다. 물은 넓게 번졌다. 물이 꿈틀거리고 있
었다. 나는 소리를 질렀다. 그러나 목소리가 나오지 않았
다. 물 속에서 남자의 머리가 솟아올랐다. 이윽고 남자의
몸이 솟아올랐다. 남자는 나를 쳐다보고 나서 얼굴이 굳어
졌다. 남자는 두 손으로 흘러내린 바지를 추슬려 올리고 있
었다. 남자에게서 정액 냄새가 났다. 남자가 내게 다가왔
다. 나는 오줌을 지렸다. 남자는 내 입술에 자기 입술을 갖
다 대었다. 욕지기가 올라와서 나는 내 속에 있던 것을 토
해 버렸다. 내 몸이 움직이기 시작했다. 남자는 호주머니에
서 빗을 끄집어내어서 머리를 손질하고 옷매무새를 만졌다.
그리고 나에게 말하기 시작했다.

# 떠나려고 하다

밤이 깊어 아버지는 문들을 모두 걸어 잠갔다. 나는 눈을 감고 앉은 채로 문을 통하지 않고 밖으로 나갔다. 내 팔목에서 시계소리가 크게 들렸다. 내 아랫도리가 스멀거렸다. 나를 보고 손가락질하던 사람들이 나를 밀었다. 밀리면서 나는 조금씩 흔들렸다. 나는 물결 위에 있었다. 먼데서 바다가 다가와서 내 어깨를 주무르고 있었다. 나는 바다를 보려고 일어섰다. 내 발 하나가 뻘 속에 빠져들었다. 나는 오랫동안 뻘밭에 누워 있었다. 파도소리가 들렸다. 사람들의 욕설이 염장게처럼 뻘밭 위로 빠르게 오고갔다. 나는 돌아누웠다. 내 어깨가 뻘밭 속으로 빠졌다. 물이 들어왔다. 나는 물 속 깊은 곳으로 좌초했다. 물 속에 집이 있었다. 나는 아버지의 집에서 눈을 떴다. 문짝이 삐걱거리고 있었다. 아버지는 밤새 문 하나를 걸지 않고 있었다.

# 불붙기 전

　새벽길이다. 안개가 밟힌다. 맞은편에서 트럼펫 케이스를 멘 남자가 어깨를 움츠리며 걸어온다. 트럼펫 케이스 위쪽이 열리면서 황금색 트럼펫 나팔이 하늘로 솟아오른다. 나팔은 넓게 퍼져나간다. 나는 하늘을 쳐다본다. 번들거리는 트럼펫 나팔이 하늘에 가득 찬다. 남자는 그 자리에 서 있다. 남자의 옷이 천천히 벗겨진다. 남자는 심호흡을 하고 입술을 모아 숨을 내뱉는다. 하늘에 트럼펫이 울린다. 남자는 조금씩 공중으로 떠오른다. 남자는 황금빛 하늘로 올라간다. 트럼펫에서 노래는 계속 울린다. 나는 그 노래를 들으며 서 있다. 내가 선 땅이 밝아진다. 땅은 눈처럼 새하얗게 변한다. 스노우화이트 종이 위에 나는 서 있다. 황금색 하늘에서 트럼펫 소리가 울리고 남자는 하늘 가장자리에서 황금색 누드로 서서 날숨을 뿜어대고 있다. 노래가 끝났다. 다시 안개가 밀려든다. 황금색 하늘이 지워진다. 남자는 땅에서 몸을 일으킨다. 그리고 나를 스쳐 지나간다. 종이에도 몇 자 글이 새겨진다. 나도 가던 길을 걸어간다. 몇 발자국 걷다가 뒤돌아본다. 트럼펫 케이스를 멘 채 걸어가던 남자도 뒤돌아본다.

# 행사

　젊은 여자들 한 사람 두 사람 계단을 올라온다. 여자들은 가슴에 꽃다발을 안고 있다. 공간은 여자들로 꽉 찼다. 꽃들은 거의 다 울 것 같은 얼굴이다. 나는 공간을 벗어 나와 복도로 나간다. 복도 유리창 밖으로 낡은 저택이 내려다보인다. 저택 담장 밖에 낡은 매트리스가 기대고 서 있다. 매트리스가 슬그머니 길에 드러눕고 매트리스 위에 알몸의 여자가 솟아오른다. 여자는 매트리스 위에 앉아 있다. 중년이다. 나는 난간을 잡고 한 계단 두 계단 걸어서 내려간다. 여자를 자세히 쳐다본다. 여자는 매트리스 위에서 엉덩이를 몇 번 들썩거리다가 매트리스에 엎드린다. 금발과 엉덩이가 잠시 출렁거린다. 매트리스 가장자리에서 몇 송이 꽃이 터져 나온다. 계단에서 나는 발을 헛디딘다. 복사뼈가 아프다. 복사뼈를 만지면서 다시 창 밖을 내려다본다. 여자는 간 데 없고 매트리스도 다시 담장에 기대고 서 있다. 박수 소리가 난다. 나는 급히 공간으로 들어가 박수를 친다. 빈 손으로 온 여자에게 꽃들이 건네어진다. 꽃들의 얼굴이 밝아진다. 여자들은 한데 엉겨 사진을 찍는다. 플래시가 터진다. 꽃들이 핀다. 꽃 속에서 금발의 여자가 잠시 웃고 있다.

# 얼굴 1

　누가 문을 두드린다. 한참 두드리다가 이번에는 문을 흔든다. 집이 온통 흔들거린다. 뒷집의 개가 짖는다. 아무도 안 계세요? 남자가 목소리를 높여 부른다. 나는 물 속을 들여다보고 있다. 물 속에는 아직 그 사람의 모습이 드러나지 않는다. 남자는 다시 문을 흔든다. 뒷집의 개가 짖는다. 물이 흔들린다. 물 속에 그의 얼굴이 나타난다. 눈이 지워지게 웃고 있는 그의 이빨이 선명하다. 그의 얼굴이 든 종이를 물에서 끄집어내어 헹군다. 문을 흔들던 남자는 돌아갔나 보다. 그의 얼굴을 정착액에 집어넣고 실내등을 켠다.

　문을 열어 보니 문틈에 끼어 있던 종이 한 장이 바닥에 떨어진다. 종이 위에도 그의 얼굴이 웃고 있다.

# 얼굴 2

누가 문을 흔든다. 한참 뒤에 또 문을 흔든다. 키 큰 남자
는 옅은 선글라스를 끼고 있었다. 한쪽 눈에 백태가 끼었
다. 키 큰 남자 뒤에는 키 작은 남자가 가방을 들고 웃으며
서 있었다. 보현사에서 수도하는 사람입니다. 눈꺼풀이 따
가웠다. 어젯밤 또 늦게 잤다. 나는 눈을 껌뻑이며 문설주
에 머리를 기대었다. 키 큰 사내의 성한 눈이 내 집 속을 빠
르게 훑고 있는 것이 보였다. 백태 낀 눈도 같이 움직이고
있었다. 덕을 많이 쌓으셨습니다. 나는 내 발 아래 줄지어
서 있는 술병들을 내려다보았다. 덕은 무슨 덕, 술병만 쌓
았지. 키 큰 남자는 반걸음 앞으로 내디뎠다. 처사님, 물이
라도 한 잔 주세요. 나는 문설주에서 머리를 떼었다. 냉장
고를 열었다. 생수는 아주 조금 남아 있었다. 머그잔에 한
잔도 다 차지 않았다. 미안합니다. 물이 이것뿐입니다. 키
큰 남자는 머그잔을 받아들고 말했다. 처사님, 이렇게 세워
놓지 말고 앉혀 놓고 이야기하셔야죠. 눈꺼풀이 다시 따가
워졌다. 나는 다시 문설주에 머리를 기대면서 말했다. 다음
에 봐요. 잠을 자야 됩니다. 키 큰 남자의 선글라스 속이 더
어두워졌다. 키 큰 남자는 머그잔을 내게 내밀었다. 나는
머그잔을 받았다. 키 큰 남자와 키 작은 남자는 아무 말도

하지 않고 돌아서서 가 버렸다. 나는 머그잔을 싱크대에 내려놓고 그들을 향해 합장을 했다. 머그잔 속의 물이 그대로 있었다.

# 말복

새벽에는 전기톱 소리에 잠을 깬다
전기톱이 얼음을 자르는 소리다
잠에서 깨어 내 몸을 만져 보면
내 몸도 몇 토막으로 잘려져 있다
잘린 얼음덩이를 아이스박스에 집어넣고
사람들은 시동을 건다
얼음집 앞을 떠나는 사람들의
승용차 엔진 소리에
나는 다시 잠이 든다
어느 승용차 짐칸에
얼음과 함께 실려 간
내 가슴 한 토막이
얼어들면서 짜릿해진다
올여름에는 아무 데도 갈 수 없다
돌아누우면서 나는
손바닥으로 내 몸을 문지른다
잘린 곳들이 녹아서
다시 엉겨 붙고 있다

# 5부

혼자 가는 로시난테

# 심우도

절간에 나타난 나를 말없이 쳐다보시던 어머니, 혼자. 어린 형은 절간 마당을 뛰어다니고 있었다. 나는 두 손을 모았다. 그러나 두 손은 만나지지 않았다. 분향 냄새가 내 코를 꿰었다. 목탁소리가 내 귓불을 거칠게 두드렸다. 오층탑 아래는 먹음직한 풀밭. 나는 고개를 숙이려 했다. 그러나 내 등뼈는 굳어 있었다. 천수경이 내 뺨을 때렸다. 콧물인 듯 코피인 듯 내 코끝을 간질던 물기. 나는 눈을 감은 채 대웅전을 뚫고 지나갔다. 대웅전 뒤켠 돌밭으로 나는 자꾸 쓰러지며 올라갔다. 형이 나를 따라왔다. 나는 고개를 가로저었다. 내 목에서 풍경소리가 났다. 나는 돌밭을 벗어나 숲길을 걸어갔다. 형은 내 등에 올라탔다. 저어기 산 아래 절간 마당에서 묵주를 돌리고 계신 어머니, 혼자. 나는 어린 형을 등에 태우고 산등성을 넘고 있었다.

# 혼자 가는 로시난테

돌아갈 곳은 거울 속뿐이다. 연못이 말라 가고 연못가에 앉았던 사람들도 말라 가고 마른 몸이 금가고 모두들 금간 얼굴로 웃고 있는데. 안개는 팔을 뻗어 사람들의 목을 조이고 목 졸린 사람들 갈대처럼 부러지는데. 여윈 말을 이끌고 산초 판싸는 모래밭을 떠돌고. 갑옷만 허공에 걸린 채 돈키호테는 보이지 않는다. 보이지 않는다. 하늘에 붙어 반짝이던 그 이름이 떨어지고 떨어져서 모래가 되는 어둠 속. 제 얼굴을 손으로 가리고 죽은 사람들 위로 살찌는 모래무덤. 무덤 위에서 야광으로 웃고 있는 옷가지.

돌아갈 곳은 거울 속뿐이다. 거울 속에 거꾸로 선 언덕뿐이다. 다가갈 때마다 언덕은 무너지고 무너진 언덕에 앉아 훔쳐내는 진땀. 아지랑이가 흔들어 놓은 능선 위에 혼자 가고 있는 로시난테. 그 모습을 얼른 지워 버리는 모래바람뿐이다.

# 스크린

　길이 보였다. 길이 시작되는 곳에는 전봇대가 서 있었고 전봇대에는 광고지가 많이 붙어 있었다. 나는 광고지 속으로 나 있던 여러 갈래의 길을 훑어 보았다. 나는 삐라가 바람에 날리는 길을 택해서 걸어갔다. 벽에 발린 신문지에서 암호들이 걸어 나왔다. 나는 암호들과 악수했다. 내 몸에도 암호가 새겨지기 시작했다. 길이 보였다. 산채만한 어둠 속에서 길은 바늘처럼 작아졌다. 나는 활자가 정교하게 깔린 터널을 천천히 지나갔다. 길이 보였다. 길 끝에 스크린이 보였다. 스크린에 내 얼굴이 커다랗게 나타나 웃으며 이야기하고 있었다. 나는 스크린을 향해 뛰어갔다. 칼을 꺼내어 스크린을 길게 찢었다. 스크린 저편에서 스크린을 보고 있던 사람들이 몰려와서 나를 짓이겨 놓았다.

　길이 보였다. 멍든 눈자위에 가려 희미하게 보였다. 길이 다시 시작되는 곳에 암호처럼 전봇대가 서 있었다. 나는 전봇대를 부둥켜안고 토하고 있었다.

# 그네

　하늘에서 기다란 줄 두 개가 내려온다. 남자가 줄 끝에 발판을 대어 그네를 만든다. 여자가 그네에 오른다. 남자는 그네 곁에 서서 손뼉을 짝짝 쳐댄다. 여자는 하늘 높은 곳까지 올라간다. 여자는 작아진다. 여자는 가늘어진다. 여자는 그네를 떠나 하늘 깊은 곳을 찌르며 사라진다.

　그네가 멈추어 서 있다. 남자가 그네에 앉아 술을 마시고 있다. 고개를 푹 숙이고 있다. 남자는 그네를 타고 하늘로 올라갈 수 없다. 남자는 빈 술병을 멀리로 던진다. 술병이 바위에 부딪쳐 깨어지는 소리가 들린다. 빗방울이 떨어진다. 남자는 이미 금이 가 있다. 비가 많이 내린다. 남자가 버린 욕설이 씻겨 내려간다. 남자도 조각이 나서 씻겨 내려가 버렸다.

# 모자이크

예수님이 밤마다 어머니를 찾아오시는구나
예수님은 밤마다 어머니를 씻겨 주시는구나
예수님과 어머니가 둥근 식탁에 마주앉아
식탁 위의 나를 찢으시는구나
나를 찢어서 공중에 날리시는구나
예수님과 어머니가 둥근 식탁에 마주앉아
공중에서 날아다니다가 사라지는 나를
물끄러미 쳐다보시는구나
찢겨 여럿이 된 나는 별자리가 되는구나
잘 보이는구나
뚜렷이 내려다보이는구나
예수님이 어머니의 손을 한 번
잡아주고 떠나시는구나
어머니가 우시는구나
손으로 자기 옷을 뜯으며 우시는구나
어머니가 울다가 엎어져 주무시고
어머니 위로
나는 휴지처럼 떨어져 내리는구나

어머니는 아침마다 나를 주워 기우시는구나
어머니의 눈물 위에 바늘이 번득이고
어머니의 울음에 찔린 나는
식탁 위에서 잠들기 시작하는구나

# 별거

비커 바닥에서 기포가 올라간다
시린 물이 흔들린다
물 속에서 천천히 몸을 돌리며
여자는 데워진다
이윽고 비커 위쪽에서 커피가 내려온다
여자는 몸을 웅크린 채
비커 속을 떠돌고 있다

커피가 끓기 시작한다
여자는 온몸을 웅크린 채
비커 속을 맴돌고 있다
비커가 터진다
알코올 램프가 꺼진다

물 빠진 수영장 바닥에 앉아
여자는 쓴웃음을 짓고 있다
여자 주위로 천천히 물이 고이고
물 주위를 유리막이 감싼다
여자는 다시 비커 속에 있다

문이 열리고 남자가 들어온다
남자는 한참 생각에 잠겼다가
알코올 램프에 불을 붙인다

# 마금산

탕 속에 누워 하늘을 본다
하늘 모서리에서 아픈 다리를 끌고
노인들이 모여든다
탕에서 기포들이 솟구친다
내 이마에서도 말[言]이 뜨거워진다
뜨거워진 말은 저희들끼리 섞이다가
공중에 엉겨붙는다
탕 속에 누워 하늘을 본다
물방울 속에 말들이 모인다
나는 눈을 감는다
식은 물방울 하나가 떨어진다
마금산이 내 이마에 부딪쳐 깨어진다
무릎을 주무르고 있는 노인들
음모가 하얗다

# 강 건너 계시는 아버지

그날은 하늘 가득히
나를 부르는 소리가
꽃잎으로 떨어져 내렸다

해질 무렵
아버지가 내 이름을 불렀다
나는 대답하지 않았다
내 이름은 나를 지나가
나뭇가지에 엉겨 붙었다
내 이름은 나뭇잎이 되었다

나는 아버지 쪽을 돌아다보았다
아버지가 움직이지 않고 서 있었다
나도 별빛 속에서 서 있었다

드디어 아무도 내 이름을 부르지 않았다
나는 내 이름을 강물에 뿌려 보았다
강물은 몸서리치며 흘렀다
하구 쪽에서 바람처럼

누가 내 이름을 불렀다
나는 대답하지 않았다
산그림자가 옅어지고 있었다
나는 강을 보고 울었다
아버지는 강 건너에서
삽질을 하고 있었다

# 거미

내가 수염을 깎는 동안 거미는
줄을 타고 바닥으로 내려갔을 것이다
욕실 바닥에 있던 거미를 보았을 때
내 몸의 피가 잠시 멈추었다
거미는 작았지만 털이 무성했다
죽일 필요는 없어
나는 중얼거리고 있었다
거미는 사각의 타일 하나에
잠시 머물렀다
타일 하나는 거미의
완벽한 집 같았다
순간, 거미는 재빨리
다른 타일로 옮아 갔다
거미는 세숫대야 아래로 숨어 버렸다
내 손에 쥐어져 있던 면도칼이
떨리고 있었다
나는 엄지발가락으로 세숫대야 테두리를 들어서
세숫대야를 엎어 버렸다
세숫대야 아래에는

거미가 보이지 않았다
욕실 바닥에서 정사각형들이
나를 보고 웃었다
항문에서 줄을 쏘며 나도
빠르게 줄어들고 있었다
타일 위에서 면도기가 소리치며
튀어 오르고 있었다

# 퇴근

버스를 기다리고 있는데 돌멩이 하나가 날아왔다
내 이마가 터졌다
돌멩이는 어느 별에서 날아온 것 같았다
돌멩이가 떠나온 별이 보였다
터진 이마를 손바닥으로 누른 채 나는
보도에 주저앉았다
돌멩이는 분명 이유가 있는 것 같았지만
나는 이유를 몰라 괴로워했다
허공 속으로 돌멩이 하나가 날아가다 멈추었다
멈춘 돌멩이는 그 자리에 있었다
이마를 누르고 있던 손을 내리고 나는
내 손바닥을 쳐다보았다
손바닥에는 피가 묻어 있지 않았다
이마에도 아무런 상처가 없었다
줄을 서 있던 사람들이 모두 사라졌다
버스도 끊어졌다
나는 걷기로 했다
이마를 만지면서 울먹였다

# 줌

장충단공원에 렌즈를 들이대고 셔터를 눌렀다
셔터가 무겁게 떨어졌다
렌즈 속에서 말 한 마리가
공중제비를 돌며 튀어나왔다
말은 차도 위에 쓰러졌다
지나가던 차들이 소음을 내며 섰다
나는 말을 향해 손을 흔들었다
말은 뒤뚱거리며 일어나 내 쪽으로 걸어왔다
나는 말의 갈기를 어루만지며 동대문 쪽으로 걸어갔다
구급차 하나가 소리지르며 달려갔다
지나던 차들이 모두 옆으로 비켜섰다
나는 구급차를 향해 렌즈를 들이대고 셔터를 눌렀다
구급차가 뒤집어졌다
구급차는 다시 벌떡 일어나서 달려갔다
나는 다시 말의 갈기를 어루만지려고 손을 뻗었다
사내 하나가 화난 얼굴로 내 손을 피하고 있었다

# 물이 저리 끓어쌓는데 1

    당신은 하늘 높이 올라가고 올라가면서 치마를 끌어내려
자꾸 종아리를 가리고, 나는 기다려, 어, 조금만 기다려 발
을 동동 구르고 당신은 방패연 넓은 어깨 으쓱거리며 방긋
방긋 웃으며 높이높이 올라만 가고 나는 나무 위에 올라가
어이, 어이 소리치며 손뼉치며 불러대는데 바람이 날을 세
워 하늘 긋고 지나가고 하늘에 피 흠뻑 배어나오고 나는 나
뭇가지를 차고 하늘로 튀어 오르고 당신은 비틀거리다가 동
정깃을 여미고 어이, 어이 나는 떨어지는 당신 허리 감싸안
고 하늘가로 떨어져 나가고 하늘가에 노란 물이 끓고 물가
에 어둠이 맨몸을 드러내고 고깃배 한 척 어둠에 엉덩이 비
비고 옷 벗어 말리며 나는 고깃배 위에 길게 누워 있고

# 물이 저리 끓어쌓는데 2

사방은 어둡고 비커 속만 밝다
당신은 비커 속에 들어앉아 뜨개질을 하고
나는 비커 밖에서 알코올을 마시고 있다
하느님은 문 밖에서 피리를 불고 있다
당신은 뜨개질한 천을 비커 바닥에 깐다
당신은 뜨개질한 천을 비커 벽에 붙인다
나는 비커 밖에서 포크로 안주를 찔러먹고 있다
피리소리가 그친다
하느님이 배를 저어 잠자리로 떠나는 소리가 들린다
당신은 뜨개질한 천을 당신의 몸에 감는다
나는 알코올에 젖어 있다
문 부서지는 소리가 나고
불화살 여러 개가 날아들어 온다
여보, 여보
나는 비커의 유리벽을 두드리며 소리치며 불탄다
뜨개질한 천을 활활 걷어제치며
비커 속에서 당신도 소리친다
여보, 여보


당신과 내가 얼음 속에서 엉기어 있다

# 숲을 찾아가는 법

숲으로 전화를 걸었다. 아무도 전화를 받지 않았다. 하늘은 조금씩 내려오고 있었다. 아무도 전화를 받지 않았다. 내 발자국 소리가 땅 위에 긴 그림자를 만들었고 그림자 따라서 개 한 마리 걸어오고 있었다. 나는 몰랐다. 숲이 있는 곳을. 도처에서 구름은 돌아누웠고 바람은 내 앞길을 아득하게 쓸며 나갔다. 숲은 보이지 않았다. 나는 손에 땀을 쥐었다. 개가 나를 앞질러 뛰어갔다. 나도 따라 뛰어갔다. 처진 하늘이 갸웃이 열리며 붉은 자위가 떨어졌다. 붉은 자위는 사방을 잠깐 비추다가 숲 속으로 떨어졌다. 숲이 보였다가 갑자기 어두워졌다. 나는 다시 뛰어가기 시작했다. 개 짖는 소리가 사방에서 들렸다. 숲이 보이지 않았다. 전화벨 소리가 사방에서 울렸다. 아무도 전화를 받지 않았다. 나는 양손으로 두 귀를 막고 오래 서 있었다. 하늘은 줄어들어 높이 올라가고 있었다.

# 숲 속의 거울

숲 속에 여자가 자고 있다
나는 숲으로 가고 싶다
나뭇잎과 가시덤불이
나를 향해 달려든다
꼭 숲으로 가야 한다
나는 두 주먹을 꼭 쥔다
자갈이 내 이마와 무릎을 부순다
나는 신발을 벗어서 던진다
사방이 조용해지고
숲이 훤히 보이기 시작한다
숲 속에 여자의 뼈가 누워 있다
성욕이 거품을 일으키며 나를 지나간다
물보라가 나를 씻고
한 차례 바람이 나를 말린다
나는 옷을 입고 신발을 신는다
그리고 돌아선다
맞은편에도 숲이 있다
숲 속에 여자 하나가
금빛으로 자고 있다

# 숲을 지나가는 법

촛불을 불어서 끄고
나는 피아노를 친다
숲 속에 누가 숨어서 나를 노리고 있다
도망가고 싶다
나는 고개를 흔들며 피아노를 친다
건반에 핏물이 든다
숲이 흔들린다
숲 속에 있던 배가 흔들리기 시작한다
숲 속의 싸늘한 눈빛이 내 겨드랑을 간지른다
나는 미친 듯 피아노를 두드려댄다
숲은 보이지 않는다
배가 내 쪽으로 빠르게 다가오고 있다
나는 벌떡 일어나
배를 향해 뛰어올랐다

불이 들어왔다
무대 위에 엎드려서 나는 고개를 들고 보았다
아무도 없었다
플루트를 불던 여자도 집으로 갔다
빈 집 창에 불이 켜져 있다

# 숲 속의 말

어둠 속에서 말은 꼼짝 않고 서 있었다. 나는 장갑 낀 손을 말의 얼굴 앞에 흔들어 보았다. 말의 눈동자는 움직이지 않았다. 잘린 나무들의 밑둥치에서 연기가 중얼중얼 피어올랐고 새들은 공중에 멈춘 채 연기에 젖고 있었다. 길 한 무더기가 내 가슴속에 주저앉고 가슴을 쥐어짜고 뉘우침 한 마리가 숲을 빠져나간다. 나는 장갑 낀 손으로 말의 콧잔등을 쓸어 내렸다. 말은 꼼짝 않고 서 있었다. 숲 위로 커다란 뱃고동이 주저앉고 있었다. 비명소리가 뱃고동을 찌르며 하늘로 튀어 올랐다.

말이 쓰러졌다.

어둠 속에 숨어 있던 사람들이 일어서고 있었다. 나는 피 묻은 도끼를 그루터기에 던졌다.

# 돌 속의 말

돌다리 건너다가 돌다리 위에 쭈그려 앉아 돌다리 두드리며 보았네. 돌 속에 말 한 마리가 있었네. 태고부터 거기 서 있었던 듯했네. 돌들은 서로 어깨 기대어 다리를 만들었고 다리 아래로 손을 흔들며 이야기들은 떠나가고 있었네. 말은 떠나지 않고 서 있었네. 나도 떠날 수 없었네. 붉은 채찍 소리 들렸네. 말은 고개를 한 번 들었다가 놓았네. 돌 속에 길이 열렸네. 말이 그 길로 걸어가기 시작하고 사람들이 돌을 지고 말을 따라가는 것이 보였네. 나도 따라가고 싶었네. 그러나 움직일 수 없었네. 어둠 속에 돌다리를 놓아주며 사람들은 말을 따라갔네. 사람들이 멀어졌네. 나는 돌 속에 갇혔네. 말이 보이지 않았네.

# 소문의 숲

세상에는 사람들이 모두 빠져나가고
소문만 문고리에 매달려 흔들리고 있다
문 밖에서 눈이 조금씩 내린다

해가 떨어질 때쯤
먼 곳에서 사람들은 반짝거리기 시작한다
사람들 근처로 물은 빠르게 자라 오르고
사람들은 물의 숲에 잠긴다
사람들은 물 속에서도 반짝이다가
이윽고 색이 변한다
사람들이 부르다 만 노래가
사람들에게로 돌아가 열꽃이 된다
하늘에서 까마귀 한 마리가 비명을 지르며
땅으로 떨어져 갔다
사람들의 신음소리가 조그마하게 들린다
세상의 문들이 닫힌다

숲은 변방에서 잠깐 일렁거리다가
소문 따라 사라졌다

■ 시인의 꿈과 길

# 붉은 등을 단 집들

서울에 올라와서 몇 년, 낭인처럼 살다가 겨우 방 하나 얻어 자리 잡은 곳이 금호동이었다.

그 시절에는 자정 지나 종로통에서 택시를 잡으면 금호동에는 좀체 가려고 하지 않았다. 거리도 얼마 되지 않는데다 가파르고 굽은 길을 올라가야 했기 때문이다. 하는 수 없이 신당동쯤에서 내려 걸어 올라가는 경우가 많았다.

신당동에서 걸어 올라가면 힘들었지만 서울의 밤풍경이 발 아래로 내려가는 독특한 전망을 즐길 수 있었다. 어둠이 내려와서 모두들 잠 속으로 빠져들고 있는 시간에 잠들지 못하는 불빛들을 내려다보며 나는 내게 물었다.

너는 무얼 찾으려고 이 비탈길을 오르고 있냐.

오르막길이 끝나는 금호로터리쯤에서는 그 전과는 다른 풍경이 펼쳐졌다. 멀리 강남의 불빛들이 흐리게 보였다. 상점들은 거의 다 불을 껐다. 길은 내리막이었다. 이때쯤이면 내 다리에 힘이 빠졌고 전신에 땀이 솟았다.

작은 시장으로 가는 갈래길에는 포장마차가 보였고 어디선가 생선 비린내가 나는 듯했다. 큰길을 따라 조금 더 걸어가면 붉은 등을 켠 집들이 몇 채 보였다. 그 시간까지 손

님을 받지 못한 집 앞에는 허벅지가 많이 보이는 옷을 입은 아가씨들이 나와서 서 있었다. 나는 아가씨들과 눈을 마주치지 않으려고 발 아래를 쳐다보며 빨리 걸었다. 아가씨들은 그런 나를 놓치지 않고 소리 질렀다.

안경 오빠! 어디 가는 거야?

오빠, 어디 아퍼?

가끔씩 내 팔을 껴잡는 아가씨들도 있었다. 향수 냄새가 풍겼고 그 냄새가 싫지 않았지만 나는 아무런 표정 없이 그들 곁을 지나갔다. 그러고는 가파른 골목길로 꺾어들어 내 월세방으로 들어갔다.


월세방의 비좁은 부엌에는 연탄 석 장이 들어가는 아궁이 위에 찜통이 얹어져 있었고 그 찜통 속에는 하루 종일 데워진 물이 담겨져 있었다. 나는 그 물로 몸을 닦고 잠자리에 들곤 했었다.

그런데 그날은 찜통 덮개가 약간 열려 있었다. 무심코 덮개를 열어 보니 커다란 쥐 한 마리가 죽어서 뜨거운 물 위에 떠 있었다. 쥐의 몸은 물에 불어 몹시 커져 있었다.

비닐봉지에 쥐를 담아서 골목길 끝, 터널을 지나면 보이는 커다란 쓰레기차에 던지고 돌아오면서 나는 오한을 느꼈다.

놈은 왜 그리로 들어갔을까?

갸웃이 열린 덮개 속의 찜통에 있는 물을 마시려다 미끄러져 들어갔을 것이다.

그렇다. 문제는 목마름이다.

그 즈음 나는 볼품없이 살았다. 많은 걸 팽개치고 서울로 올라왔지만 산비탈 좁은 방에서 겨우 몸을 누이고, 얼마 되지 않는 월급을 받으며 출판사에 다니고 있었다.

서울에 올라올 때마다 서울역 광장에 서서 하늘을 가리고 있던 고층건물을 쳐다보며 불쾌해 했고, 강변도로를 달리는 차 속에서 나를 조롱하듯 굽어보고 있던 고층 아파트들에 절망했던 내가 몇 년 사이에 서울 시민이 되어 산동네의 바닥을 기어가고 있었다. 기어가면서 목마름을 느꼈다. 대부분의 욕망을 잘라 버렸다고 생각했지만 어떤 욕망도 깨끗이 잘리지 못했고, 그것들은 나를 힘들게 만들었다.

목마름. 저기 번들거리는 거대한 통 속에 시원한 물들이 파도치고 있다. 단숨에 머리를 물 속에 박으면 목마름도 끝나지만 찜통 속의 쥐 신세가 될 것이다. 목마른 나는 그 위태로운 경계선을 넘지 않으려고 안간힘을 쓰고 있었다.

그날 밤은 찬물로 몸을 닦고 잠자리에 들었다. 그러나 쉽게 잠들지 못했다.


눈이 많이 내린 날 밤, 그날도 나는 신당동에서 금호동으로 걸어 올라갔다. 자욱한 눈 속에 서울의 지붕들이 새하얗게 변하는 것이 보였다.

금호로터리를 지나 비탈진 길을 걸어 내려가서 나는 붉은 등을 단 집들을 보았다.

하얀 눈 위에 쏟아진 붉은 빛은 매혹적인 형광을 띠고 있었다. 그러나 붉은 등을 켠 집 앞에는 아가씨가 한 사람도 나와 있지 않았다.

나는 그 집들을 지나치면서 고개를 돌려 안을 쳐다보았다. 아가씨들은 둘러앉아 화투를 치고 있었다. 오늘은 작파다. 화투짝을 날리며 아가씨들은 킬킬거리고 있었다.

갑자기 아가씨들 속으로 들어가고 싶었다. 같이 화투를 치고 싶었다.

나는 잠시 서 있다가 천천히 걸었다. 붉은 등을 단 집들이 끝나고 두어 집 건너 다시 붉은 등이 보였다. 그러나 그것은 홍등가의 붉은 등이 아니었고 정육점의 붉은 등이었다. 주인 아주머니는 팔짱을 낀 채 의자에 앉아 졸고 있었다.

모두 다 고기 파는 집이네.

나는 중얼거리며 골목길로 접어들고 있었다.

1953년 음력 칠월 칠석에 경남 김해시 한림정역이 있는 마을 한림국민학교 교직원 사택에서 태어났다. 아버지는 당시 국민학교 교사였던 이원재, 어머니는 박필남. 5형제 중 셋째. 위로 누나(정순), 형(정우), 그리고 아래로 남동생(정대), 여동생(정명).

할아버지는 진영에서 슈퍼마켓을 경영하여 안정된 생활을 했으나 노년에 손을 댄 간척사업이 실패하여 가세가 기울었다. 아버지가 할아버지에게서 물려받은 재산은 없었다. 대신 창의적인 두뇌와 예술적 재능을 이어받았다. 어린 시절에 일본으로 공부하러 갔었던 아버지는 일본 공업학교 졸업반 시절에 할아버지가 보낸 전보를 받고 급히 고향으로 돌아왔다. 그런데 위독하다던 할머니는 바느질을 하고 계셨다고 한다. 제2차 세계대전이 시작되어 위험한 일본 땅에 아들을 더 머물게 하고 싶지 않았던 할아버지의 트릭이었다. 일본으로 돌아가지 못한 아버지는 사범학교를 마치고 교사가 되었다. 어머니는 마산 봉정의 밀양 박씨댁 막내딸로 어릴 적부터 노래를 잘 불렀다고 한다.

유년기에는 아버지를 따라 김해의 여러 지방을 옮겨 다니면서 살았다. 내 기억의 필름에 최초로 묻어 있는 풍경은 대저면, 지금 김해공항 부근, 삼각주, 김해평야다. 그리하여 들판은 내 인식의 출발점이 된다.

1960년 대저면 중앙국민학교에 입학하여 바로 진해시 도천
국민학교로 전학했다. 아버지가 학교를 옮겼기 때
문이다.

진해- 정리된 도로와 집들, 로터리들, 제황산 오르
는 365계단, 해군과 해병들, 군용찝, 그리고 미군
들. 교실에는 군인의 아이들이 많이 있었고 미군을
아버지라고 부르던 아이도 있었다. 나는 그 아이와
함께 미제 야구 글러브를 끼고 캐치볼을 했다. 바다
쪽을 쳐다보면 아지랑이 위로 군함들이 떠 있었다.
우리 식구는 일본인들이 지어 놓은 집에서 살았다.
중학교 국어선생이었던 외사촌 형님의 하숙집으로
놀러가서 미군부대에서 나온 잡지들을 탐독했다.
글은 알 수 없었으나 그림들이 마음에 들었다.

1965년 마산 월영국민학교로 전학했다. 역시 아버지가 학
교를 옮겼기 때문이다. 마산은 진해와는 사뭇 다른
도시였다. 화력발전소에서 날아든 연기로 도시는
검은색이었고 산비탈을 따라 집들은 기어오르고 있
었다.

미술반에 들어가서 그림을 그리기 시작했다. 수채
화를 그렸는데, 소년한국일보 주최 전국 사생대회
에서 특선, 그 외 몇 대회에서도 준특선으로 상을
받았다.

오른쪽 폐의 아랫 부분에 결핵이 생겨 6학년 여름
에 얼마 동안 학교를 쉬었다.

아버지는 전자채점기를 발명하여 특허를 얻었다.

1966년 마산중학교에 입학했다. 1학년 가을, 한글날 교내 백일장에서 차상을 차지했다. 이 일을 계기로 미술반을 그만두고 문예반에 들었다. 문예반 친구들과 이상의 시를 읽었는데, 소화불량으로 얼마간 시를 읽지 않게 되었다.

항도제 백일장에 학교 대표로 가서 청마 유치환 시인을 보았다. 청마. 호가 멋있다. 중얼거리다가 잡념에 빠져 시 한 줄도 쓰지 못하고 돌아왔다. 합창단원으로 뽑혀 방과 후 〈신고산타령〉, 〈스케이팅왈츠〉 등을 연습했다. 제법 아름다운 화성이 울리기 시작했을 때 경연대회가 취소되어 합창단은 해체되었다. 당시 음악 담당 고봉선 선생은 가곡 작사가로 널리 알려진 고진숙 시인.

아버지가 발명했던 기계가 상품화에 실패했고, 우리 식구는 경제적인 궁핍에 빠지게 되었다.

1967년 아버지가 밀양으로 전근하여 식구들은 밀양으로 가고 나는 마산에서 하숙했다. 학교에서 돌아와서는 바둑을 두기 시작했고, 담배를 피우기 시작했고, 수음을 시작했다. 새로 시작한 세 가지 일 모두 수준급이 되지 못했다.

문예반의 단짝 태호가 죽었다. 등굣길에서 미끌어진 찦차에 치였다. 몇 시간 동안 책상에 엎드려 울었으나 어느 선생도 나를 꾸짖지 않았다. 시민병원

영안실 앞에서 태호 아버지가 나를 껴안고 울었다.

하숙집 옆방, 디젤엔진 공장에 다니던 어떤 형에게 『한국현대소설문학전집』(신구문화사)을 빌려 읽기 시작했다.

1968년 진주중학교로 전학했다.

교내 백일장에서 학교 대표로 뽑혀 경남학생백일장에 나갔으나 입상하지 못했다.

1969년 진주고등학교에 입학했다. 아버지는 하동군 노량국민학교의 교장이었다.

여름방학 어느 날, 나는 아버지와 함께 대도 분교에 다녀오는 급수선 위에 서 있었다. 해가 지고 있었다. 아버지는 밀짚모자를 쓴 채 요사 부손의 하이쿠 몇 편을 읊고 번역해 주셨다. 하이쿠를 들으며 나는 흐뭇했다. 내가 가려고 하던 문학의 길을 축복해 주는 걸로 받아들였다. 하지만 그해 겨울, 내가 가려고 하던 길을 아버지는 탐탁찮게 생각하고 있다는 사실을 알았다. 2학년으로 올라가면서 문과를 지원했으나 아버지가 담임선생에게 편지를 써서 이과로 넣어 달라고 했다는 것이다. 국어를 가르치던 담임선생은 내 얼굴을 빠안히 들여다보면서 고개를 갸웃거렸다. "너는 글 쓰는 게 어울리는데….."

노량으로 가서 아버지를 만났으나 소득이 없었다.

"글 쓰는 친구들은… 무언가… 게으르고, 데카당하고… 그리고 국문과나 나오면 학교 선생밖에 더 하겠어?"
그렇구나. 선생. 선생은 나에게 물려주고 싶지 않은
직업이었을 게다. 그런데 그 급수선 위에서 왜 하이
쿠를 읊어주셨을까? 게으르지 않고 데카당하지 않
은 문인들도 많습니다. 목까지 치밀어 오르는 말을
하지 못하고 나는 진주로 돌아와서 학교를 다녔다.
그러나 내 책가방에는 헌책방에서 구한 소설책과
T.S 엘리어트의 시집 같은 것이 항상 들어 있었다.
오페라 가수를 꿈꾸던 누나는 교육대학을 졸업하고
교사가 되었다. 누나와 형과 동생들. 오랜만에 오누
이들이 모여서 자취생활을 하면서 살았다. 누나는
『세계사상전집』, 『키에르케고르전집』 같은 책들을
사기 시작했고 전축과 클래식 레코드판을 샀다. 그
책들과 레코드들의 최고 수혜자는 나였다.
어쿠스틱 기타를 치기 시작했다. Am, Dm, G… 코
드를 익히자마자 노래를 불렀다. 그러지 않으면 가
슴이 터질 것 같았다. 어슬프게 몇 곡 작곡도 해 보
았다.
1972년 대학 시험을 보러 기차를 타고 부산으로 가는 열차
에서 낙동강을 보았다. 삼랑진에서 구포에 이르는
동안 나는 보던 책을 내려놓고 강만 쳐다보았다. 그
강 깊숙이 숨어 있을 미래를 가늠해 보며 나는 심호
흡을 하고 있었다. 부산대학교 약대 약학과에 입학
했다.

대학에 들어가면서 글쓰기에 본격적으로 매달렸다. 국내 현역 시인들의 시들과 외국 시인들의 시를 읽어나갔고 습작에 몰두했다. 그러면서 같은 길을 가고자 하는 친구들 선후배들을 만나 긴 이야기들을 나누었다.

정영태, 강경주, 박윤규, 장동범, 최시현, 유종열, 박설호. 그리고 이갑재, 박태일, 김영진, 최춘식, 김세윤, 손재찬, 민병욱….

최시현은 가장 가까이 지내던 친구였다. 의과대학을 다닌 그는 나와 함께 장전동에 방 한 칸을 얻어서 시의 실험실로 쓰기도 했다.

아버지는 창녕군 길곡면, 낙동강 옆 모래밭의 시골학교 교장이었다. 방학이 되면 나는 한 가방의 책과 클래식 기타를 들고 아버지의 집으로 갔다. 책을 읽다가 지치면 개를 데리고 강변에 나가 산책했고 어두워지면 기타를 치고 시를 썼다. 아버지는 어머니더러 땅 속에 묻어 놓은 포도주를 길어오라고 하여 나와 함께 마셨다. 그러나 내가 시의 바다 깊이 빠져든 줄은 알지 못했다.

방학이 끝날 때쯤이면 기타 실력이 늘었고 노트 한 권 가득 새로 쓴 시들이 담겨졌다. 자신이 붙은 나는 대학신문에 투고했고 가끔씩 실린 시는 서림환 교수의 칭찬을 받았다. 대학 4학년 때 시 「여름일기」로 '부대문학상'을 받았다.

유신 시절이어서 늘 어두운 그림자에 덮여 있었으
나 대학은 바뀌고 있었다. 김광규 시인이 독어교육
과 교수로 와서 귄터 아이히 같은 현대 독일 시인들
의 시세계를 가르쳐 주었다. 양왕용 시인이 국어교
육과 교수로 와서 시 쓰는 후학들을 자상하게 지도
해 주었다. 양왕용 시인을 통해 나는 김춘수 시인을
만났다. 김춘수 시인을 처음 만났을 때 나는 그의
눈빛이 너무 강렬해서 바로 쳐다보지 못했다. 습작
들을 모아서 김춘수 시인에게 보내기 시작했다.

1977년 대학을 졸업하고 약국 관리약사하던 시절, 남포동
고전음악 다방 〈백조〉에서 소문으로 떠돌던 왕년의
천재 소년 이진용을 만났다. 그는 고등학교 시절 백
일장을 휩쓸었다고 했다. 그리고 『현대시학』의 「신
풍시집」에 이름을 올린 이윤택을 만났다. 나를 포함
한 이촉트리오는 자주 만나서 영향을 주었고 상대방
의 작품을 평가하면서 상처를 주기도 했다.
이 시절부터 뉴 크리티시즘에 관한 책들을 읽기 시
작했다.

1978년 가을에 입대하여 강원도 홍천 소재 보병사단 소속
연대 의무대에서 근무하다 1981년 여름에 제대했
다. 1979년 2월호 『현대문학』에 「매월당 1」「매월당
2」로 초회 추천되었고 1982년 5월호에 「무소식」「잠
자는 금발」「꽃이 있는 풍경」으로 추천 완료. 김춘수
선생이 축하의 말씀과 더불어 '자중자애하시게.'라

고 편지를 보내셨다.

1980년대 전반. 결혼했고, 아들(규식)이 태어났다. 양산군 서생면 바닷가에서 약국 생활을 시작하여 부산에서도 약국을 경영했다.

친구 최시현 시인이 백혈병으로 타계했다. 그가 떠났다는 소식에 내 가슴 한쪽, 쇄골과 견갑골이 무너지는 것 같았다. 친구들과 선후배들이 시현의 시집 『은어의 시』를 엮어 주었다.

표현의 자유가 많이 제한되어 있던 그 시절에 무크지는 숨쉴 공간으로 괜찮은 기능을 담당했다. 당시 부산의 젊은 글쟁이들이 만든 무크지 『지평』, 그리고 『전망』에 작품을 발표했다. 『전망』에는 창간호부터 5집까지 편집 동인으로 참가했다. 『전망』 편집 동인으로는 박상배, 정영태, 강경주, 이갑재, 최장현 시인과 남송우, 박남훈, 류종렬, 민병욱 평론가와 소설가 정태규가 참가했다.

1987년 시집 『행복한 그림자』(한국문연)를 출간했다. 등단하고 발표한 시들을 모았는데 거의 다 짧은 산문시였다. 해설은 박남훈이 썼다. 시집에 대한 반응은 좋았다. 그러나 어느 곳에서도 청탁이 오지 않았다. 문학판도 정치판처럼 편가르기와 폐쇄성이 만연해 있었다. 나도 메아리 없는 어느 계곡에서 닫혀 가는 것 같았다. 갑갑해졌다. 좀더 열린 곳으로 가고 싶었다. 아내는 반대했다. 영태형과 장현도 만류했다.

하지만 나는 결행했다.

1988년 서울로 거처를 옮겼는데, 야반도주 내지 무작정 상
경이라고 수군거린 사람들이 있었으나 사실과 다르
다. 낮에 혼자 기차를 타고 서울로 와서 봉천동에
월세방을 구하고 여기저기로 취직하려고 돌아다녔
다. 그 시절, 허기진 나를 영등포역 앞으로 데리고
가서 밥과 술을 사준 사람은 시인이신 천수이 형님
이다.

그해 겨울, 열음사에서 『외국문학』의 편집장으로 일
하기 시작하여 1991년까지 일했다. 『외국문학』은 박
상배 교수와 김성곤 교수를 편집위원으로 하여 새
로 출발하고 있었다. 『외국문학』의 주기능은 해외
여러 나라의 문학이 변모해 가는 것을 우리나라에
소개하는 것이었다. 주로 영미문학과 독문학, 불문
학, 스페인문학의 영역에서 많은 이론과 작품을 소
개했다.

『외국문학』을 편집하면서 새로운 면모의 문학들을
많이 접했고 많은 사람들을 만났다. 작가와 시인들,
교수들과 예술가들. 매우 혼돈스럽게 엉겨 있는 듯
해도 모두들 열심히 자기의 길을 가고 있었다.

1989년 시집 『문밖에 계시는 아버지』(열음사)를 출간했다.
해설은 장경렬 형이 썼다. 시집에 실린 시들은 대개
산문시였으나 길이가 늘어났고 서사성이 짙어졌다.
「나무」 「아버지」 같은 연작시와 장시 「말로 다 되것

냐」, 시극「굴레수염」이 많은 지면을 차지했다. 이
시집은 문예진흥원에서 지원 대상 시집으로 선정되
어 출간금을 지원받았다.
부산으로 내려가서 아버지에게 시집을 한 권 드렸
다. 시집을 다 읽으시고 나서, 한숨을 쉬면서 한 마
디 하셨다. "먼 길을 돌아간다고 고생했구나."
아버지는 '자동차 과속 자동 제어기'를 발명하여 특
허를 얻으셨다. 생각해 보면, 아버지는 나보다 더
먼 길을 돌아서 분투하고 계셨다.
당시의 삶은 초라했다. 아내와의 불화는 해결되지
않았다. 나는 혜화동과 금호동의 월세방에서 살았
다. 평론가 이경호씨는 나를 만나면 말했다. 이형,
요즘도 매식하십니까? 나는 고개를 끄덕거렸다.
1992년 가리내출판사에서 다음해까지 편집장으로 일했다.
가리내의 대표는 시조시인이신 장순하님이셨다. 건
강 서적이 주를 이루었고, 가끔씩 교재도 만들었다.
1993년 4월호『현대문학』에「솟을대문」「피묻은 시인」을 발
표.
1994년 김정문알로에 비서실에 근무하다가 홍보팀장이 되
었으나 뜻하지 않았던 일이 생겨 그만두었다.
학원에서 사진을 배우기 시작했다. 사진은 본격적
으로 한번 도전해 보고 싶은 세계였다. 그러나 나는
이미 너무 때묻은 시간 속에 살고 있었다. 렌즈값이
너무 비싸, 어쩌고 투덜대다가 아마추어 수준에서

머물게 되었지만 아직도 LPL 확대기를 버리지 못
하고 있다.

1995년 이갑재 타계했다. 이갑재는 시인이면서 화가였고
소설가였다. 그는 시집『하강』(지평)과 소설집『로맨
틱한 초상』(김영사)을 펴냈는데, 출판 초기에 잠시
관심을 끌었으나 당시의 사회적 분위기에 묻혀 잊혀
져 버렸다. 그러나 그의 소설은 결코 파묻혀 버릴
수 없는 문제작이었다. 다행히도『로맨틱한 초상』은
근래에 다시 인쇄되어 서점에 깔려 있다.

금호동의 내 좁은 방에 와서 밤 깊도록 술을 마시고
간 그의 체취와 그가 내게 건네준 테이프— 존 서면
의 〈성 이브로 가는 길〉 속의 클라리넷 선율은 아직
도 살아 있다. 요즈음도 최장현과 내가 만나면 둘은
그 퍼즐을 다 풀지 못하고 술이 취해 버린다. 도대
체 갑재는 왜 뛰어내렸지?

1990년대 후반. 프리랜서로 편집회사의 일들을 맡아서 했
다. 주로 기업들의 역사(사사)를 썼다. 사사를 쓰러
대전으로 가 2년 가까이 살면서 임영봉, 주용일, 김
순선 시인과 만났다.

나라에 경제 위기가 오자 편집회사의 일거리가 나
타나지 않았다. 저금통장에 잔액이 줄어들면 약국
에 나가 일했다. 운 좋게도 외국여행을 몇 번 다녀
왔다. 1997년 열흘간 이탈리아, 프랑스 여행. 1998
년 한 달 동안 중국 여행. 1999년 한 달 동안 카자

흐스탄 여행. 카자흐스탄 여행은 알마티에 살고 있는 최석 시인의 주선으로 가능했다.

해외여행을 통해 내 정신에 조금씩 틈이 생기고 그로 인해 내 정신이 유연해지는 것을 느꼈다. 늦은 밤, 청더에서 베이징으로 돌아가던 길에서 손을 뻗으면 만져질 듯한 별들을 보았고, 캅차가이 호수와 알마티 사이의 들판, 진눈깨비 속을 홀로 하염없이 걸어가던 남자를 보았다.

2000년 봄호 『작가세계』에 시 「모르는 척하다」 「방을 보여주다」 발표.

2001년 시흥의 염전터를 발견하고 자주 찾아다녔다. 염전터에는 수십 개의 소금창고가 검은 소처럼 웅크리고 있었다. 배낭에 김밥과 카메라를 넣고 넓은 들판을 걸어다녔다. 소금창고 앞의, 타일이 반들거리며 남아 있는 곳에 퍼져 앉아 김밥을 먹고 나서는 배낭을 베고 잠들기도 했고, 빈 소금창고에 들어가서 혼자 울기도 했다.

왜 그랬을까? 아마도 어린 날 내 인식의 출발점이던 들판을 다시 만나 내가 비로소 안도했기 때문이었을 것이다.

서울로 올라온 지 10년이 지났지만 나는 그렇게 쓰고 싶었던 시도 많이 쓰지 못하고, 이리저리 떠밀려 상처 받으며 살고 있었다. 아니, 차라리 좌초해 있었다. 그런데 소금밭에서 자라는 나문재와 퉁퉁마

디를 오래 쳐다보면 알지 못할 말들이 내 핏줄 속으로 뛰어드는 걸 느꼈다. 들판이 나를 가볍게 안아 올렸다. 아가, 일어나거라. 그리고 다시 걸어가 보아라.

2002년 『시와반시』 겨울호에 시 「포도를 사지 않다」 「악어가 지나간다」 발표.

남도석성을 만나고 마음이 움직인 이후로 돌 속에 있는 시간과 인간의 시간에 관심을 가지기 시작했다. 전국의 여러 성들을 만나러 다니기 시작했다.

2003년 『문학수첩』 가을호에 시 「세무서에서 동물원 킨트를 읽다」 「회송 열차」 발표.

의약품 유통 회사에 다니기 시작했다.

2004년 『시와사상』 봄호에 시 「어느 날 종묘를 나오다가」 「별거」 발표. 『천년의 시작』 여름호에 시 「홍등」 「피 묻힌 시인」, 「제삿날」 발표.

이해 여름에 돌 속의 시간을 찾아다니던 기록 『옛성을 찾아가다』(일진사)를 출간했으나 초판만 찍고 말았다. 세상은 돌 속의 시간 같은 데에는 관심이 없는 듯했다. 그러나 그 여정은 아직 끝나지 않았다.

『월간중앙』 11월호, 12월호에 영원산성과 고성산성 답사기를 연재했다.

2005년 정영태 형이 돌아가셨다. 대학시절에 처음 만난 뒤로, 나를 친동생처럼 아껴 주던 형은 몇 년 전부터 불편한 몸으로 고통받으며 살았다. 부산에 몇십 년

만에 폭설이 내렸고, 결국 그 눈 때문에 구급차도
늦어져서 돌아가셨다고 형수님은 울먹였다.
한국문화예술진흥위원회의 지원 사업에 시를 제출
해서 지원 대상으로 결정되었다.
2006년 다시 기타를 치기 시작했다. 내게 기타는 숨겨 놓
은 애인과 같은 존재다. 그러나 너무 오래 숨겨 놓
았다. 나는 그녀의 옷을 벗기고 그녀의 목을 더듬
어 그녀의 목소리를 조율한다. 그녀를 연주하기 시
작하지만 서투르다. 그녀도 옛날의 목소리를 찾지
못하고 얼굴을 붉힌다. 나는 착각한다. 낙동강가의
모래밭 근처 아버지 집에서 울던 기타줄들. 기타
속으로 모래밭이 빨려들어 오고, 같이 걷던 개가
빨려들어 오고, 강 건너 마을에서 이쪽 마을로 배
에 실려 천천히 건너오던 꽃상여가 빨려들어온다.
2007년 『현대시학』 7월호에 「러브레터」를 비롯한 10편의 시
를 발표.
시집 『의심하고 있구나』(북인)를 출간했다. 이 시집
은 등단 이후의 작품들 중에서 내가 고른 작품들을
엮은 시선집이다. 해설은 남송우 형이 맡아 주었다.
『미네르바』 겨울호에 신작 소시집 「숨은 신/숨은 시
인」을 비롯한 5편의 시를 발표.
2008년 『시안』 봄호에 시 「죽기 위해 살고 살기 위해 죽는
다」 「조류독감」 발표.
『시와반시』 봄호에 시 「촬영」 「행사」 발표.

2009년 벽두. 시집 『홍등』(황금알)을 시안황금알 시인선으로 출간했다.

인천 만수동에 독거하면서 약국 근무약사로 일하고 있다. 지난 여름부터 작곡 공부를 하다가 기타로는 화성악을 이해하기가 어려워서 피아노를 배우고 있다. 이젠 낮은음자리표에도 익숙해졌으니 오직 용맹정진만 남아 있는데, 재고 있다. 이건 또 어느 시점에서 만족하고 말아야 할지를.